Deutsch

Annette Weber

Ein Feriencamp
voller Überraschungen

LEKTÜRE FÜR JUGENDLICHE
MIT AUDIOS ONLINE

Hueber Verlag

Quellenverzeichnis:
Umschlagfoto: © Thinkstock/DigitalVision/Darrin Klimek
Piktogramme S. 39: © Thinkstock/iStock/Samtoon
Zeichnungen: Cornelia Seelmann, Berlin

Einen kostenlosen MP3-Download zu diesem Titel finden Sie unter
www.hueber.de/audioservice.
© 2018 Hueber Verlag GmbH & Co. KG, München, Deutschland
Alle Rechte vorbehalten.
Sprecherin: Leslie-Vanessa Lill
Hörproduktion: Tonstudio Langer, 85375 Neufahrn bei Freising, Deutschland

Der Verlag weist ausdrücklich darauf hin, dass im Text enthaltene
externe Links vom Verlag nur bis zum Zeitpunkt der Buchveröffent-
lichung eingesehen werden konnten. Auf spätere Veränderungen
hat der Verlag keinerlei Einfluss. Eine Haftung des Verlags ist daher
ausgeschlossen.

Das Werk und seine Teile sind urheberrechtlich geschützt.
Jede Verwertung in anderen als den gesetzlich zugelassenen Fällen
bedarf deshalb der vorherigen schriftlichen Einwilligung des Verlags.

Eingetragene Warenzeichen oder Marken sind Eigentum des
jeweiligen Zeichen- bzw. Markeninhabers, auch dann, wenn diese
nicht gekennzeichnet sind. Es ist jedoch zu beachten, dass weder
das Vorhandensein noch das Fehlen derartiger Kennzeichnungen
die Rechtslage hinsichtlich dieser gewerblichen Schutzrechte berührt.

5. 4. 3.	Die letzten Ziffern
2026 25 24 23 22	bezeichnen Zahl und Jahr des Druckes.

Alle Drucke dieser Auflage können, da unverändert,
nebeneinander benutzt werden.
1. Auflage
© 2018 Hueber Verlag GmbH & Co. KG, München, Deutschland
Umschlaggestaltung: Sieveking · Agentur für Kommunikation, München
Layout und Satz: Sieveking · Agentur für Kommunikation, München
Redaktion und Projektleitung: Anna Meißner-Probst, Hueber Verlag, München
Lektorat: Veronika Kirschstein, Lektorat und Projektmanagement, Gondelsheim
Druck und Bindung: Friedrich Pustet GmbH & Co. KG, Regensburg
Printed in Germany
ISBN 978-3-19-008580-4

Inhalt

01	Kapitel 1: Es geht los!	5
02	Kapitel 2: Das Feriencamp	8
03	Kapitel 3: Im Felsenlabyrinth	11
04	Kapitel 4: Die Nachtwanderung	16
05	Kapitel 5: Gemeine Zicke!	19
06	Kapitel 6: Ein total blöder Partner	22
07	Kapitel 7: Zu zweit im Wald	25
08	Kapitel 8: Gefährliche Klettertour	30
09	Kapitel 9: Max braucht Hilfe	33
10	Kapitel 10: Endlich Freunde	36
11	Übungen zu Kapitel 1	39
	Übungen zu Kapitel 2	40
12	Übungen zu Kapitel 3	41
13	Übungen zu Kapitel 4	42
14	Übungen zu Kapitel 5	43
15	Übungen zu Kapitel 6	43
	Übungen zu Kapitel 7	44
16	Übungen zu Kapitel 8	45
	Übungen zu Kapitel 9	46
17	Übungen zu Kapitel 10	46
	Lösungen	48

Das Hörbuch zur Lektüre und die Tracks zu den Übungen stehen als kostenloser MP3-Download bereit unter: www.hueber.de/audioservice.

Wer ist wer?

Greta

Gretas Mutter

Niklas,
Gruppenleiter im
Feriencamp

Max

Nele

Elias

Kapitel 1: Es geht los!

> Schau mal, Greta. Die Kinder sehen doch nett aus.

> Ja, ja.

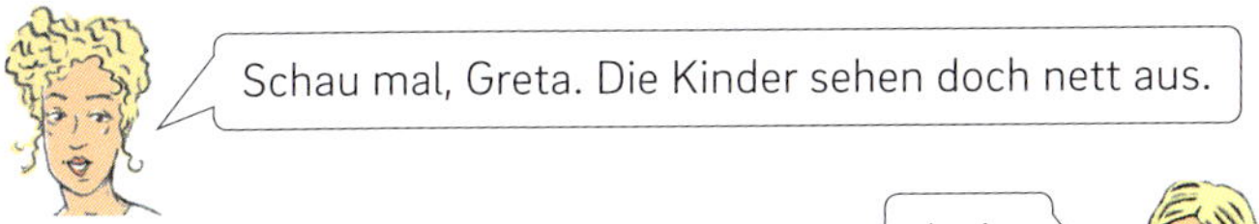

Auf dem Parkplatz vor der Sporthalle steht der blaue Bus. „Schneiders schöne Ferienreisen" steht darauf. Herr Schneider, so heißt der Busfahrer. Er fährt die Kinder ins Feriencamp.
Greta seufzt. Sie hat keine Lust. Sie will überhaupt nicht ins Feriencamp: nicht heute, nicht morgen, nie! Schwimmen, zelten, wandern, und die ganze Zeit mit anderen Kindern zusammen sein, wie furchtbar! Greta hasst Sport. Sie mag zelten und wandern nicht. Sie ist viel lieber allein.

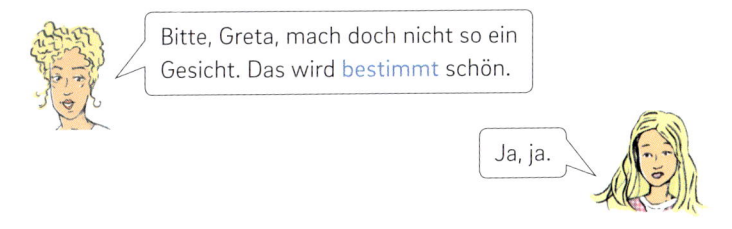

> Bitte, Greta, mach doch nicht so ein Gesicht. Das wird bestimmt schön.

> Ja, ja.

Greta weiß genau: Ihre Mutter hat einen neuen Freund, er heißt Peter. Deshalb muss sie ins Feriencamp fahren. Mit Peter will ihre Mutter in den Urlaub fahren. Bis jetzt waren Greta und ihre Mutter immer zusammen. Doch seit einem halben Jahr ist nur noch Peter wichtig.

---

seufzen: leise z. B. „Oje!" sagen

zelten: in einem Zelt wohnen, → Bild 1, S. 9

bestimmt: sicher

Ein junger Mann kommt zu Greta.

— Hallo. Du bist Greta Gessmann, oder?

— Vielleicht.

— Ich bin Niklas. Ich bin euer Gruppenleiter. Und da vorne ist Kim, die andere Gruppenleiterin.

— Interessiert mich nicht.

— Greta hat ein bisschen Angst. Es ist ihr erster Urlaub allein.

— Du fühlst dich bestimmt bald wohl. Du hast sicher ein tolles Abenteuer. Und die anderen Kinder sind ja keine Monster.

— Haha, sehr witzig!

Der Busfahrer packt Gretas Koffer in den Bus. Gretas Mutter umarmt ihre Tochter ganz fest.

— Bitte, Greta, sei nicht traurig. Das wird bestimmt ein schöner Urlaub!

— Wenn du es sagst.

---

das Abenteuer: es passiert etwas sehr Interessantes

witzig: lustig

umarmen: die Arme um eine Person legen

> Ruf an, wenn du angekommen bist, mein Mädchen.

> Mache ich. Und dir viel Spaß mit Peter!

Greta steigt in den Bus ein. Sie setzt sich allein in eine Bank. Auch die anderen Kinder steigen ein.

> Los, ganz nach hinten.

> Die letzte Bank gehört uns.

> Ich will in die Mitte.

Es ist laut im Bus. Greta nimmt ihr Handy aus der Tasche und setzt die Kopfhörer auf. Jetzt hat sie ihre Ruhe. Der Bus fährt los. Die Mutter winkt. Greta ist sehr traurig.

---

sich setzen: danach sitzt man

die Bank: dort sitzt man z. B. im Bus oder im Park

winken: mit der Hand „Tschüs" sagen

Kapitel 2: Das Feriencamp

Endlich sind sie da. Der Bus hält auf einem Campingplatz. Der Platz liegt an einem Fluss. Es gibt auch hohe Berge. Sie sehen groß und gefährlich aus.

Herzlich willkommen in Königstein. Der Fluss da vorne ist die Elbe. Die Berge hier heißen Elbsandsteingebirge. Hier kann man toll wandern und klettern.

Na toll!

Machen wir auch richtige Klettertouren?

Na klar!

Und Kanutouren auch?

Natürlich.

Dürfen wir in der Elbe schwimmen?

Nur dort, im Schwimmbad. Aber zuerst bauen wir die Zelte auf. Danach gehen wir schwimmen.

---

der Berg: z. B. der Mount Everest

gefährlich: man bekommt ein bisschen Angst

aufbauen: erst ist das Zelt im Sack, dann auf dem Campingplatz

Greta geht es nicht gut. Schwimmen, Kanufahren und Klettern mag sie nicht. Und ein Zelt aufbauen? Keine Ahnung! Sie hat jetzt schon Heimweh.

> Greta, du schläfst mit Nele zusammen. Das hier ist euer Zelt. Wie baut man ein Zelt auf? Wisst ihr das?

> Nein, das weiß ich nicht.

> Komm, das machen wir zusammen. Ich habe das schon oft gemacht. Hol mal die Zeltstangen aus dem Zeltsack.

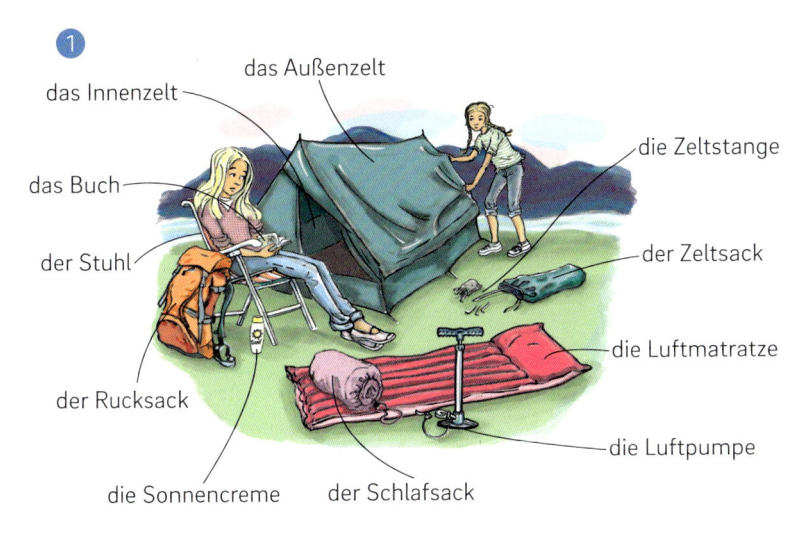

1

- das Außenzelt
- das Innenzelt
- das Buch
- der Stuhl
- die Zeltstange
- der Zeltsack
- die Luftmatratze
- der Rucksack
- die Luftpumpe
- die Sonnencreme
- der Schlafsack

Nele holt das Innenzelt und die Stangen aus dem Zeltsack. Sie schiebt die Zeltstangen in das Zelt und baut es langsam auf.

---

das Heimweh: man möchte gern nach Hause, kann aber nicht

schieben: ins Zelt tun

Dann legt sie das Außenzelt über das Innenzelt. Greta sitzt auf dem Stuhl und liest ein Buch.
Auch Max und Elias bauen ihr Zelt auf. Sie arbeiten schnell. Immer wieder schauen sie zu Nele und Greta herüber.

Willst du Nele nicht helfen?

Ich kann kein Zelt aufbauen. Ich habe das noch nie gemacht.

Max, Elias und Nele sehen sich an. Was ist denn das für ein seltsames Mädchen? Die hat ja schlechte Laune! Die drei Freunde wollen endlich zusammen schwimmen gehen. Soll Greta doch im Urlaub auf dem Stuhl sitzen und ein Buch lesen.

Seid ihr fertig? Dann kommt bitte zu Kim und mir. Wir wollen los.

Endlich! Ich will ins Wasser.

Kann ich hier bleiben? Ich habe Bauchschmerzen.

Oh, wie schade. Du kannst dich ins Zelt legen. Es geht dir bestimmt bald besser.

Das glaube ich nicht.

---

das Außenzelt, der Stuhl: → Bild 1, S. 9

seltsam: anders als die anderen

schlechte Laune haben: nicht lustig sein

Kapitel 3: Im Felsenlabyrinth

Am ersten Tag machen alle zusammen eine Wanderung. Sie gehen ins Felsenlabyrinth. Das Felsenlabyrinth ist ein großes Abenteuer für Kinder. Hier kann man klettern, man kann in Höhlen kriechen und man kann auf einem Felsen stehen und ins Tal schauen.

❷ springen — hinauf — die Höhle — kriechen — der Baum — der Felsen — die Felsspalte — die Leiter — hinunter

Ich nehme die große Leiter!

Habt ihr die Höhle gesehen? Supertoll!

Und schaut euch diesen hohen Felsen an. Da klettere ich hinauf!

das Labyrinth: viele Wege, aber es gibt nur einen Ausgang

das Tal: ↔ der Berg

Alle Kinder freuen sich. Max klettert auf einen Felsen. Elias springt über eine Felsspalte. Nele klettert eine Leiter hinauf. Nur Greta sitzt auf einem Stein und liest ihr Buch.

der Stein

Was machst du denn hier? Willst du nicht im Labyrinth klettern?

Tut mir leid. Das kann ich nicht. Ich habe Kopfschmerzen.

Kopfschmerzen, Bauchschmerzen. Jeden Tag hast du andere Schmerzen. Ich glaube, du hast Angst.

Quatsch!

Niklas schaut zu den anderen Kindern. Dann winkt er Nele zu sich. Nele sitzt auf einem Felsen. Jetzt steht sie auf. Dann klettert sie langsam zu Niklas hinunter.

Was ist los?

Greta hat ein bisschen Angst. Die Felsen sind schon ziemlich hoch. Hilfst du ihr?

springen, die Felsspalte, hinunter: → Bild 2, S. 11

Na klar! Komm, klettere die Leiter hoch. Ich klettere gleich nach dir.

Nein! Ich will nicht! Ich habe Kopfschmerzen

Okay. Dann bleibst du hier!

Nele, das sagt sie doch nur so. Sie hat Angst. Du musst ihr helfen. Wir müssen ihr alle helfen.

Lass mich in Ruhe! Ich will nicht auf den Felsen. Ich will ein Buch lesen.

Blöde Zicke!

Nele lässt Greta auf dem Stein sitzen. Sie klettert wieder zu ihren Freunden. Max und Elias warten schon auf sie. Zusammen kriechen sie in eine Höhle. Dann reden sie miteinander. Nele ist wütend auf Greta. Sie will nicht mehr mit ihr in einem Zelt schlafen.
Max und Elias haben Mitleid mit Nele.

Blöde Zicke!: schlechtes Wort; blöd = doof

miteinander: zusammen

wütend: sehr böse

Mitleid haben: mit einer Person traurig sein

Wir sollten sie mal richtig ärgern.

Vielleicht fährt sie dann nach Hause.

Dann hast du das Zelt für dich allein.

Nach dem Abendessen sind die Kinder sehr müde. Der Tag im Felsenlabyrinth war anstrengend. Nur Max, Elias, Nele und zwei andere Kinder spielen auf der großen Wiese Fußball. Auch Greta schläft noch nicht. Sie sitzt am Fluss und liest ihr Buch.

Plötzlich hat Max eine Idee. Er zeigt auf seinen Ball, dann auf Greta. Die Kinder verstehen ihn sofort. Elias kickt den Ball zu Max. Max streckt sein Bein und schießt den Ball zu Greta. Ein toller Schuss! Der Ball trifft Greta genau am Rücken.

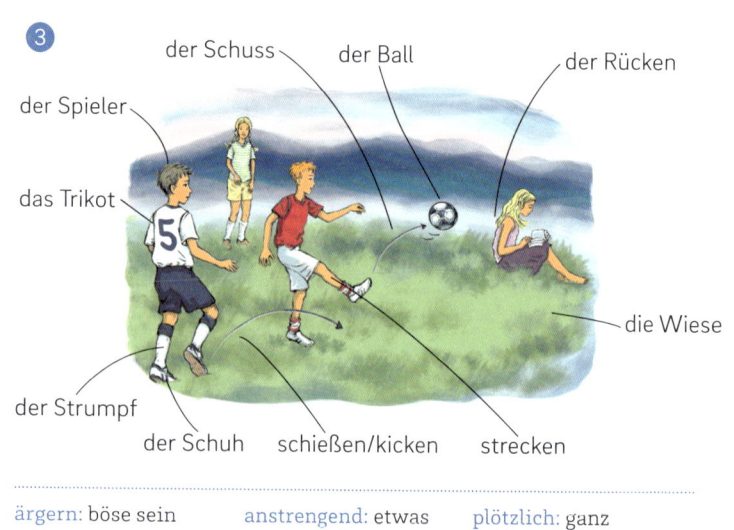

ärgern: böse sein

anstrengend: etwas macht müde

plötzlich: ganz schnell

Greta steht schnell auf. Ihr Rücken tut sehr weh.

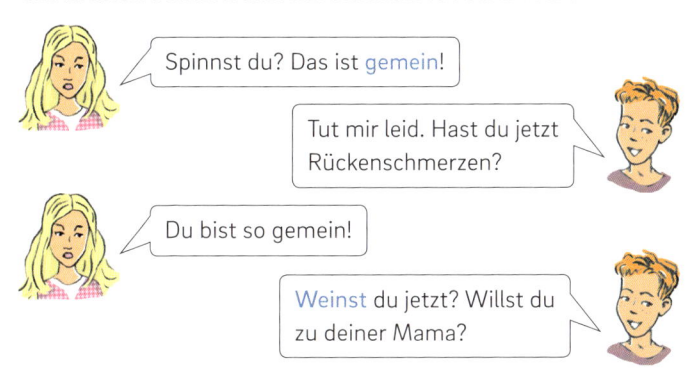

Spinnst du? Das ist gemein!

Tut mir leid. Hast du jetzt Rückenschmerzen?

Du bist so gemein!

Weinst du jetzt? Willst du zu deiner Mama?

Greta ist sehr wütend. Sie nimmt den Ball und wirft ihn in den Fluss. Die Elbe ist ein breiter Fluss. Er ist gefährlich. Er fließt sehr schnell. Der Ball schwimmt den Fluss hinunter, er wird immer kleiner und kleiner.

Mein Ball! Mein schöner Ball!

Hol ihn dir doch! Du schwimmst doch so gern!

Der Fluss ist sehr gefährlich, das weißt du genau!

Oh, das tut mir leid. Weinst du jetzt? Willst du jetzt zu deiner Mama?

Du bist so gemein.

---

gemein: böse, nicht nett

weinen: aus den Augen kommt Wasser

werfen: das macht die Hand mit dem Ball

fließen: das Wasser geht weiter

Kapitel 4: Die Nachtwanderung

Wenn es dunkel ist, wollen wir eine Nachtwanderung machen.

Toll. Kann ich meine Taschenlampe mitnehmen?

Nein! Wir wollen ohne Lampen gehen. Der Mond ist hell genug.

Tut mir leid, ich kann nicht mit. Mir geht es nicht so gut.

Sie hat wieder Kopfschmerzen.

Oder Bauchschmerzen.

Oder Rückenschmerzen.

Na gut, Greta. Dann leg dich ins Zelt. Gute Besserung!

Die Gruppe geht ohne Greta los. Greta ist froh. Sie legt sich ins Zelt. Zuerst schaltet sie die Taschenlampe an und liest ihr Buch.

---

dunkel: es gibt kein Licht

der Mond: er scheint in der Nacht

Draußen ist es ganz ruhig. Es ist fast ein bisschen unheimlich.

Greta fühlt sich plötzlich sehr allein. Alles ist so traurig. Ihre Mutter ist mit Peter im Urlaub. Die anderen Kinder sind gemein zu ihr. Greta möchte so gern nach Hause zu ihrer Mutter. Aber nur zu ihrer Mutter. Peter will sie nicht sehen.

Plötzlich hört Greta etwas. Vielleicht ist es der Wind in den Bäumen? Oder ist es ein Tier? Es ist jetzt noch lauter. Greta bekommt Angst. Da ist wer an ihrem Zelt! Hilfe! Greta kriecht in den Schlafsack.

Ist da wer?

Hihi!

Huhu!

Hoho!

Greta steht schnell auf. Sie öffnet das Zelt. Draußen steht eine große, dunkle Gestalt in einem Schlafsack. Greta kann nur die Augen sehen.

---

unheimlich: etwas macht Angst

der Schlafsack: → Bild 1, S. 9

eine Gestalt: eine Person, man kann sie aber nicht gut sehen

> Hilfe, wer bist du? Was willst du?

> Huhu – hu ... oh nein! Hilfe!

Greta denkt, es ist Max. Auf einmal liegt die große Gestalt am Boden. Jetzt schreit auch Nele. Drei Kinder kriechen aus dem Schlafsack: Max, Nele und Elias!

> Wie gemein von euch! Ich hatte große Angst!

> Das war doch nur ein Spaß.

Greta ist sehr wütend. Nele, Max und Elias sind im Waschraum, Greta liegt auf ihrer Luftmatratze und denkt nach. Sie möchte den anderen sehr gern einen Streich spielen. Aber wie?

---

am Boden liegen: nicht mehr stehen	schreien: sehr laut sprechen	die Luft-matratze: → Bild 1, S. 9	einen Streich spielen: eine Person ärgern

Kapitel 5: Gemeine Zicke!

Plötzlich hat Greta eine Idee. Sie nimmt ihre Tasche und zieht drei Strümpfe heraus. Dann öffnet sie leise das Zelt. Auf dem Campingplatz gibt es einen Wasserhahn. Sie macht ihn an und macht die Strümpfe nass. Leise geht Greta zum Zelt von Max und Elias und legt die nassen Strümpfe in die Schlafsäcke. Dann läuft sie zu ihrem Zelt und legt auch in Neles Schlafsack einen nassen Strumpf. Dann kuschelt sie sich in ihren Schlafsack und schließt die Augen.

Jetzt kommen die drei Freunde zurück. Greta kann sie hören.

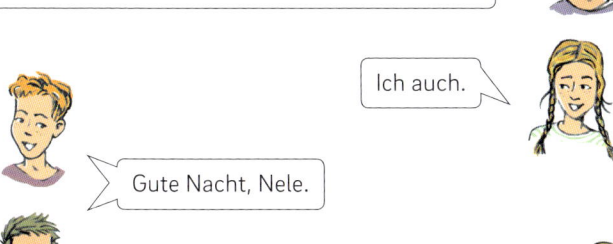

Das war lustig. Greta hat sich richtig geärgert.

Jetzt bin ich aber müde. Ich freue mich schon auf meinen Schlafsack.

Ich auch.

Gute Nacht, Nele.

Schlaft gut, ihr zwei.

---

der Strumpf: → Bild 3, S. 14

der Wasserhahn: hier kommt Wasser

nass: voller Wasser

(sich) kuscheln: gemütlich und warm liegen

Greta hört: Max und Elias gehen in ihr Zelt. Dann kommt auch Nele. Sie kriecht in ihren Schlafsack.

Iiiiii, was ist das denn?

Nele sitzt im Schlafsack und schreit. Im Zelt daneben schreien Max und Elias.

Oh nein, was ist das denn?

Ein nasser Strumpf. Wie eklig!

Oh nein! Der Strumpf hat alles nass gemacht. Wo soll ich denn schlafen?

Wer war das?

Greta dreht sich auf die Seite. Sie lacht. Die anderen können sie nicht sehen.

eklig: man mag etwas nicht und sagt „Iiiih!"

> Warst du das? Du gemeine Zicke?

> Was? Wie bitte?

> Du hast nasse Strümpfe in unsere Schlafsäcke gelegt.

> Sei doch nicht so wütend! Es war doch nur ein Spaß!

Von da an sprechen Nele, Elias und Max nicht mehr mit Greta. Sie ist einfach Luft für sie.
Auch Greta spricht nicht mehr mit Nele, Elias und Max. Sie liest ein Buch, und noch ein Buch und noch ein Buch. Und sie zählt die Tage. Sie will endlich wieder nach Hause.

die Luft: ist in der Luftmatratze

zählen: „eins – zwei – drei – vier …" sagen

Kapitel 6: Ein total blöder Partner

Eine Woche später feiert die Gruppe ein Fest.

> Heute machen wir etwas Schönes. Ihr müsst mit einem Partner zehn Aufgaben machen.

> Was denn für Aufgaben?

> Immer zwei Kinder bekommen eine Karte. Dann macht ihr zu zweit eine Wanderung. Ihr müsst Fragen beantworten, etwas suchen und auch etwas schreiben …

> Nur zu zweit? Das ist ja aufregend.

> Ich mache die Aufgaben zusammen mit Max und Elias.

> Nein, Nele. So geht das nicht. Du darfst nur einen Partner haben.

Kim schreibt kleine Zettel und legt sie in einen Hut.

> Nehmt nun einen Zettel und findet eure Partner.

---

beantworten: eine Antwort finden

aufregend: sehr interessant; ein Abenteuer

ein Zettel: ein kleines Papier, hier schreibt man Dinge auf

> Tut mir leid. Ich kann nicht mitmachen. Ich habe heute wirklich Kopfschmerzen.

> Nein, nein, Greta. Das glaube ich dir nicht. Heute machst du mit! Hier, nimm einen Zettel!

Greta nimmt einen Zettel. Sie liest den Namen. Dann schaut sie erschrocken hoch.

> Ich habe Max.

> Oh nein! Nicht mit Greta! Ich habe heute so Kopfschmerzen!

> Heute gibt es keine Entschuldigung. Wer bei der Wanderung nicht mitmacht, darf heute Abend nicht zum Lagerfeuer.

> Das ist gemein!

> Das ist total gemein!

> Streitet nicht. Ihr seid wie die kleinen Kinder. Es geht los! Hier ist eure Karte, und hier sind eure Aufgaben.

---

erschrocken:
sie hat Angst

das Lagerfeuer:
→ Bild 5, S. 36

streiten: Personen sprechen nicht nett miteinander

> Und wenn ich nicht will?

> Hör zu, Greta! Das finde ich nicht lustig. Wenn du weiter so streitest, rufe ich heute noch deine Mutter an. Also los! Nimm deinen Rucksack. Und du auch, Max!

Max ist sehr wütend. Die anderen Kinder gehen alle los. Elias und Nele gehen zusammen los. Jonas und Meike gehen zusammen los. Bine und Mia gehen zusammen los. Alle Kinder sind so nett. Nur er muss mit dieser Greta wandern. Er findet Greta total blöd. Auch Greta ist wütend. Sie will überhaupt nicht wandern. Schon gar nicht mit Max. Aber Niklas soll auch nicht ihre Mutter anrufen. Sie will ihre Mutter nicht traurig machen.

Kapitel 7: Zu zweit im Wald

Max und Greta haben ihre Rucksäcke fertig gemacht. Dann geht es los. Max hat die Wanderkarte. Greta hat den Zettel mit den Aufgaben.

> Die erste Aufgabe heißt: Auf deiner Wanderung siehst du einen Stein mit einem Gedicht. Schreibe das Gedicht auf.

> Da ist der Stein!

Er zeigt auf einen Stein. Auf dem Stein steht ein Gedicht.

> Schreib das Gedicht auf.

> Mach du es doch!

Greta ist wütend. Immer muss sie alles machen. Max klettert immer nur die Felsen hinauf und hinunter.

> Du nervst! Wir müssen doch die Fragen beantworten.

> Das kann ich auch hier oben machen. Lies mal vor.

---

das Gedicht: ein kurzer Text mit schönen Wörtern; Lyrik

Welcher Nadelbaum hat im Januar keine Nadeln mehr?

Der Weihnachtsbaum.

Welcher Vogel legt seine Eier in ein fremdes Nest?

Der Kuckuck.

Dann komm herunter und schreib es auf.

Keine Lust. Du kannst viel schöner schreiben als ich.

Wütend schreibt Greta die Antworten auf.
Sie gehen weiter und weiter. Der Weg ist noch lang.
Fünf Kilometer müssen sie wandern. Sie haben erst zwei.
Greta ist müde. Und auch Max bleibt jetzt auf dem Weg.

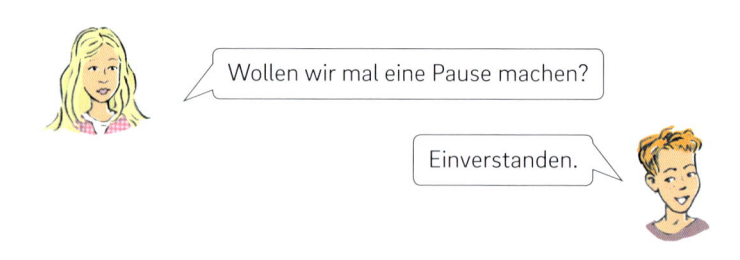

Wollen wir mal eine Pause machen?

Einverstanden.

---

der Nadelbaum, der Vogel, der Weg: dort läuft man
das Nest, der Kuckuck:
→ Bild 4, S. 27

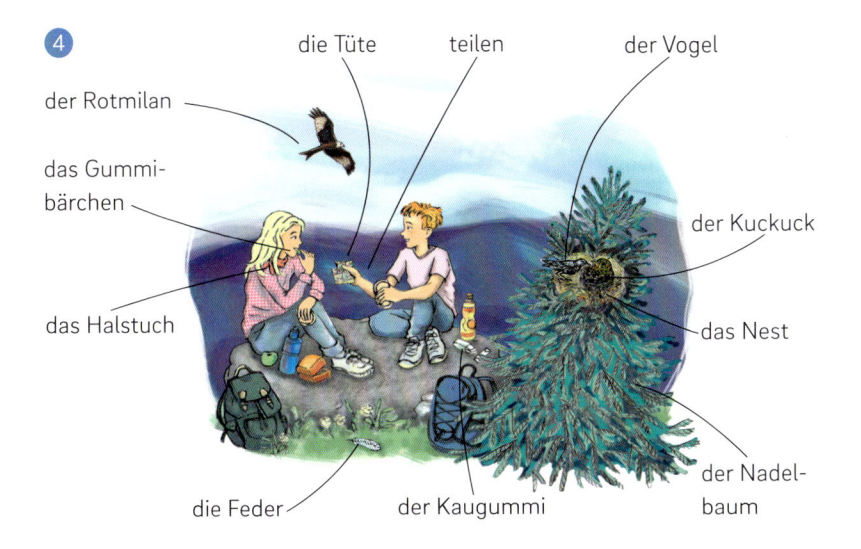

④ die Tüte   teilen   der Vogel
der Rotmilan
das Gummi-
bärchen
der Kuckuck
das Halstuch
das Nest
der Nadel-
baum
die Feder   der Kaugummi

Sie setzen sich auf einen Felsen. Greta holt ein
Käsebrötchen, einen Apfel und eine Flasche Wasser
aus ihrem Rucksack.
Max hat eine Flasche Saft, eine Tüte Gummibärchen und
Kaugummis dabei.

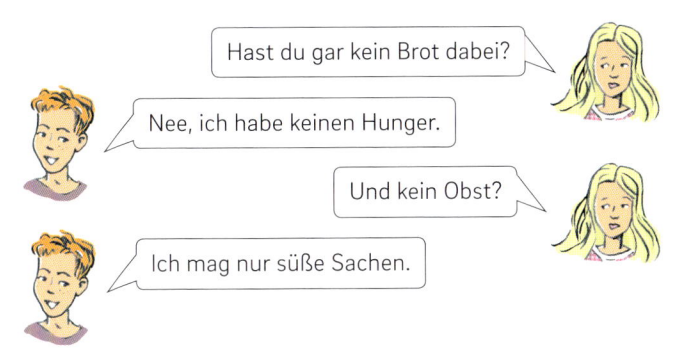

Hast du gar kein Brot dabei?

Nee, ich habe keinen Hunger.

Und kein Obst?

Ich mag nur süße Sachen.

Max isst seine Gummibärchen, Greta isst ihr Brötchen.
Hin und wieder schaut Max zu ihr.

— Dein Brötchen sieht lecker aus.

— Willst du eins? Ich habe noch eins mit Wurst.

— Okay. Willst du Gummibärchen?

— Okay.

Die Kinder teilen ihre Sachen. Sie essen beide ganz still. Manchmal schaut Max Greta an. Und Greta schaut manchmal Max an.

— Warum bist du immer so zickig?

— Bin ich doch gar nicht. Die anderen sind alle zickig zu mir.

— Das finde ich nicht.

— Ich wollte gar nicht ins Feriencamp. Meine Mutter wollte das.

— Aber es ist doch ganz lustig hier. Findest du nicht?

— Ich fahre lieber mit meiner Mutter in den Urlaub. Aber jetzt ist sie mit Peter im Urlaub. Das ist ihr neuer Freund.

Max und Greta sagen lange nichts. Hin und wieder schauen sie sich länger an.

---

teilen: → Bild 4, S. 27

zickig: unfreundlich, negativ

Ist doch nicht so schlimm, wenn deine Mutter mit ihrem Freund wegfährt. Ich fahre auch gern mit meinen Freunden weg.

Ich nicht. Ich finde die Kinder hier alle blöd.

Deine Mutter fährt mit ihrem Freund in den Urlaub und du bist zickig zu UNS? Das ist doch wie im Kindergarten.

Du verstehst mich nicht.

Klar verstehe ich dich! Meine Eltern sind auch getrennt. Mein Vater hat auch eine Freundin und meine Mutter hat einen Freund. Na und? Deshalb muss man sich ja nicht mit den Freunden streiten.

Können wir jetzt weitergehen?

Sie gehen langsam weiter. Aber das Gespräch hat gut getan. Auf einmal ist Greta freundlicher zu Max und auch Max ist netter zu Greta.

Die nächste Aufgabe ist: Suche eine schöne Feder.

Was für eine Feder?

Egal. Einfach eine schöne Feder.

Das ist doch nicht egal!

---

schlimm: schlecht

getrennt: nicht mehr zusammen

die Feder: → Bild 4, S. 27

Kapitel 8: Gefährliche Klettertour

Die beiden Kinder gehen weiter. Greta sucht auf dem Weg nach einer Feder. Max schaut in die Luft.

> Guck mal! Da oben auf dem Baum hat ein Rotmilan sein Nest.

> Rotmilan? Kenne ich nicht.

> Das ist ein ganz seltener Vogel. Mit so einer Feder gewinnen wir bestimmt.

> Ist doch egal. Wir brauchen doch nur eine Feder.

> Ich klettere auf den Felsen und von dort zum Baum. Vielleicht ist eine Feder im Nest?

> Das ist doch viel zu gefährlich!

Aber Max hört nicht auf Greta. Er klettert den Felsen hinauf, immer höher und höher.

---

der Rotmilan:
→ Bild 4, S. 27

selten: es gibt ihn nicht oft

> Bitte, Max, komm runter. Das ist viel zu hoch.

> Kein Problem. Ich kann das.

Max sitzt jetzt auf dem hohen Felsen. Er beugt sich weit zum Vogelnest vor. Ja, da ist eine Feder von einem Rotmilan. Max will sie nehmen. Plötzlich rutscht sein Fuß vom Felsen. Max will sich am Baum festhalten. Doch es geht nicht. Er schreit und fällt vom Felsen. Greta hört Max schreien. Sie kann ihn aber nicht sehen. Greta bekommt Angst.

> Max? Max? Kannst du mich hören?

> ⚡💥 ⚡💥 !

> Was ist passiert?

> Ich liege hier unten auf einem Felsen. Au! Mir tut alles weh.

Greta hat jetzt große Angst. Sie klettert ein kleines Stück den Felsen hinauf.

---

vorbeugen: der Rücken geht weit vor

rutschen: man hat keinen Boden mehr unter den Füßen

fallen: man liegt auf einmal unten

Wo bist du, Max?

Hier oben auf dem Felsen, gleich über dir.

Jetzt kann Greta Max sehen. Er liegt auf dem Rücken.

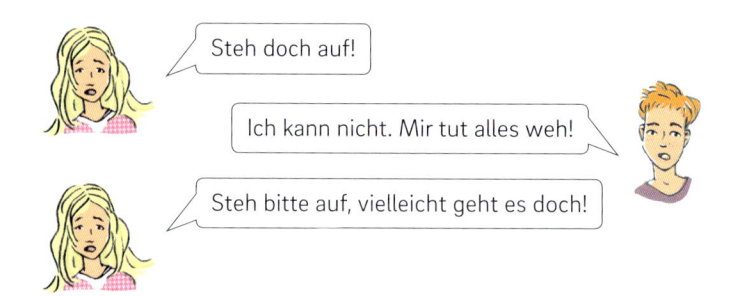

Steh doch auf!

Ich kann nicht. Mir tut alles weh!

Steh bitte auf, vielleicht geht es doch!

Max setzt sich ganz langsam hin. Dann will er aufstehen. Aber es geht nicht.

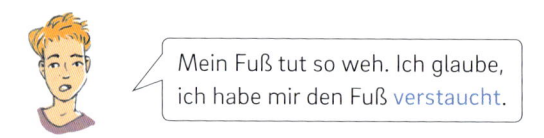

Mein Fuß tut so weh. Ich glaube, ich habe mir den Fuß verstaucht.

Greta nimmt ihr Handy aus dem Rucksack. Sie will Hilfe holen. Aber hier im Wald geht das Handy nicht.

---

verstaucht: man hat Schmerzen, es ist aber nichts kaputt

Kapitel 9: Max braucht Hilfe

Oh nein! Greta ist sehr aufgeregt. Jetzt muss sie Max auch noch helfen. Sie kann doch gar nicht klettern. Und sie hat große Angst vor den hohen Felsen.

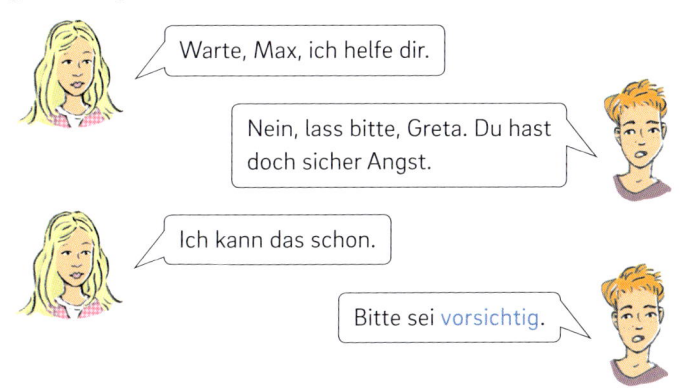

> Warte, Max, ich helfe dir.

> Nein, lass bitte, Greta. Du hast doch sicher Angst.

> Ich kann das schon.

> Bitte sei vorsichtig.

Langsam klettert Greta den Felsen hinauf. Er ist sehr hoch. Greta schaut nicht nach unten. Vorsichtig setzt sie einen Fuß neben den anderen.

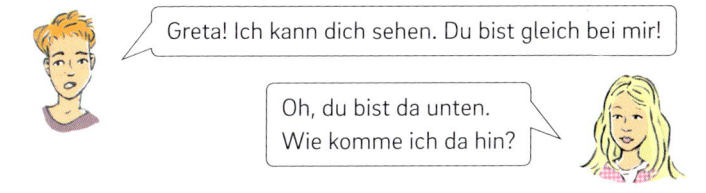

> Greta! Ich kann dich sehen. Du bist gleich bei mir!

> Oh, du bist da unten. Wie komme ich da hin?

Langsam setzt sich Greta auf einen Felsen. Dann klettert sie vorsichtig zu Max hinunter.

> Ich bin da.

> Oh, danke. Ich bin so froh.

---

aufgeregt: ↔ ruhig   vorsichtig: mit Vorsicht

"Zeig mir mal deinen Fuß."

"Er ist ganz dick. Ich kann den Schuh gar nicht ausziehen."

Vorsichtig öffnet Greta den Schuh und zieht ihn aus. Max stöhnt. Es tut sehr weh. Der Fuß ist ganz dick. Greta nimmt ihr Halstuch. Dann nimmt sie ihre Flasche Wasser und macht das Tuch nass. Jetzt wickelt sie Max das Tuch um den Fuß.

"Ahhhhh, auuuuu! Das tut weh."

"Keine Angst. Das Wasser kühlt deinen Fuß."

Noch einmal macht Greta Wasser auf das Tuch und kühlt den Fuß. Und dann noch einmal. Langsam wird es besser.

"Ich glaube, es geht meinem Fuß besser. Er ist auch nicht mehr so dick."

"Steh mal auf. Vielleicht kannst du laufen."

Vorsichtig stellt sich Max auf die Füße. Er kann stehen. Der Fuß tut noch weh, aber es ist nicht mehr so schlimm.

| ausziehen: | stöhnen: | wickeln: etwas | kühlen: kalt |
| ↔ anziehen | z. B. „au" sagen | um etwas herum legen | machen |

> Halt dich an mir fest. Kannst du gehen?

> Vielleicht geht es?

Die beiden gehen ein kleines Stück. Greta stützt Max. Es geht ganz gut.

> Jetzt müssen wir nur noch den Felsen hinauf, dann wieder hinunter und dann noch bis zum Zeltplatz. Kannst du das?

> Oh, Mann! Ich glaube nicht. Aber vielleicht geht es.

Es ist ein langer Weg, denn sie müssen den Felsen hinauf- und dann hinunterklettern. Dann gehen sie langsam zum Feriencamp zurück. Endlich sind sie da. Es ist schon dunkel. Die anderen Kinder sammeln Holz für das Lagerfeuer.

> Oh, endlich kommt ihr! Wir hatten schon große Angst um euch. Was ist passiert?

> Bist du in Greta verliebt? Oder warum kuschelst du dich so an sie?

> Haha, Max ist in Greta verliebt. In diese blöde Zicke.

> Halt den Mund! Und sag nicht noch einmal „blöde Zicke" zu Greta. Denn dann hast du ein Problem mit mir, verstanden?

---

stützen: festhalten

das Holz, das Lagerfeuer:
→ Bild 5, S. 36

verliebt sein: wenn man eine Person sehr mag

Kapitel 10: Endlich Freunde

Niklas hilft Max. Er holt Eiswürfel. Dann cremt er den Fuß ein. Max setzt sich ans Feuer und legt den Fuß hoch. Es geht ihm schon viel besser. Greta setzt sich neben ihn. Das ist schön. Greta hat Brotteig um einen Stock gewickelt. Den gibt sie Max. Auch sie macht sich ein Stockbrot. Die beiden halten den Stock ins Feuer.

- der Stock
- das Stockbrot
- der Brotteig
- der Eiswürfel
- das Holz
- das Lagerfeuer

Danke. Du warst heute eine tolle Partnerin.

Du warst auch ein toller Partner.

Du hast mir sehr geholfen.

Ist schon gut.

eincremen: Creme auf den Fuß machen

Du hast dein Brötchen und dein Wasser mit mir geteilt.

Das habe ich gern gemacht

Ich war nicht sehr nett zu dir. Das tut mir leid.

Ich war auch nicht nett zu dir. Das tut mir auch leid.

Die beiden sagen nichts und sehen ins Feuer. Das Stockbrot ist schon ganz braun und warm.

Du hast mir auch geholfen. Du hast mir von deinen Eltern erzählt. Das war gut. Ich denke jetzt etwas anders über meine Mutter. Sie hat einen Freund. Das ist okay. Auch ich möchte Freunde haben. Das Leben ist gleich viel schöner und einfacher.

Das stimmt. Ich möchte gern dein Freund sein.

Das bist du.

Danke.

Greta und Max essen das Brot. Es schmeckt gut.

Die Hälfte der Ferien ist schon vorbei. Das ist so schade.

die Hälfte:

Aber eine Hälfte haben wir noch. Da bin ich sehr froh.

Vielleicht können wir ja morgen schwimmen gehen. Dein Fuß muss ins Wasser.

Ja, schwimmen ist eine gute Idee! Und dann kannst du mir vielleicht aus deinem Buch vorlesen.

Das mache ich gern.

Sie sitzen zusammen und sehen ins Feuer. Das ist schön. Plötzlich steht Greta auf und holt zwei Gläser Apfelsaft.

Wir trinken auf unsere Freundschaft, ja?

Ja, auf die Freundschaft.

Sie stoßen an. Dann umarmen sie sich und geben sich einen kurzen Kuss. Das ist ein bisschen peinlich. Aber es ist auch wunderschön.

---

anstoßen: zwei Gläser machen „kling"

der Kuss: zwei Münder treffen sich

peinlich: man macht etwas und ist nicht sicher dabei

ÜBUNGEN

zu Kapitel 1

1. Was ist richtig? Kreuze an.

   a Greta fährt sehr gern ins Feriencamp. ○
   b Sie war noch nie allein im Urlaub. ○
   c Greta spricht im Bus mit den anderen Kindern. ○
   d Es gibt einen Gruppenleiter und eine
      Gruppenleiterin. ○
   e Nele kann sehr gut Zelte aufbauen. ○

2. Wer sagt was? Hör zu und verbinde.

   a Bitte, Greta, sei nicht traurig.
   b Interessiert mich nicht.
   c Ich will in die Mitte.
   d Du hast sicher ein tolles Abenteuer.

3. Was macht man im Feriencamp? Ergänze.

   a
   b
   c
   d

ÜBUNGEN

zu Kapitel 2

1. Sieh das Bild an. Ergänze die Wörter mit Artikel.

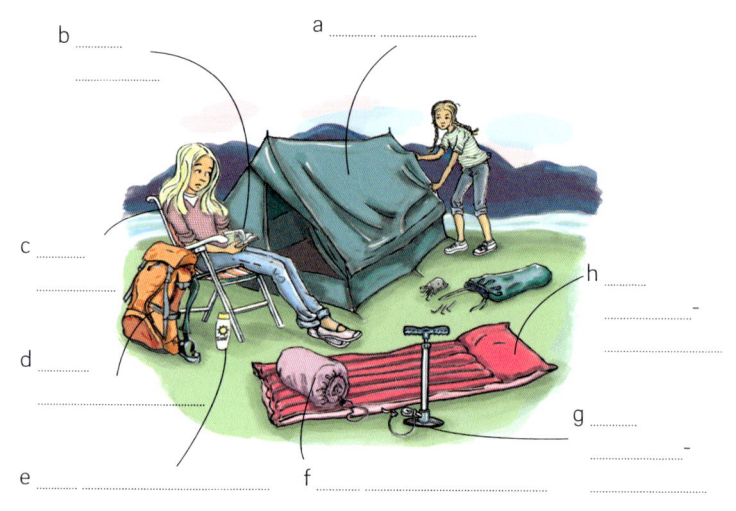

   a ....
   b ....
   c ....
   d ....
   e ....
   f ....
   g ....
   h ....

2. Beim Zelt aufbauen: Wer macht was? Ergänze.

   a Was macht Nele? ....

   b Was machen Max und Elias? ....

   c Was macht Greta? ....

3. Was passt? Ordne zu.

   auf • in • auf • an

   a Der Bus hält .... einem Campingplatz.
   b Der Platz liegt .... einem Fluss.
   c Die Kinder wollen .... der Elbe schwimmen.
   d Greta sitzt .... dem Stuhl.

zu Kapitel 3

1. Im Felsenlabyrith: Ordne zu.

   kriechen • schauen • springen • stehen

   Hier kann man von Felsen zu Felsen _____,
   man kann in Höhlen _____,
   man kann auf einem Berg _____
   und ins Tal _____.

2. „!" oder „?"? Hör genau zu und ergänze.

   a Supertoll____
   b Quatsch____
   c Was ist los____
   d Hilfst du ihr____
   e Na klar____

3. Beim Fußball spielen: Was ist richtig? Kreuze an.

   a Max und Greta spielen auf der Wiese Fußball. ○
   b Elias' Trikot ist weiß. ○
   c Elias kickt den Ball zu Max. ○
   d Greta schwimmt im Fluss. ○
   e Das Buch liegt auf dem Felsen. ○

ÜBUNGEN

zu Kapitel 4

1. Welche Wörter passen zu einer „Nachtwanderung"? Ergänze.

   die Nachtwanderung — die Nacht

2. Wer sagt was? Hör zu und verbinde.

   a Gute Besserung.
   b Sie hat wieder Kopfschmerzen.
   c Hilfe, wer bist du?
   d Das war doch nur ein Spaß.

3. Sieh das Bild an. Ergänze die Wörter mit Artikel.

   a ...
   b ...
   c ...
   d ...
   e ...
   f ...
   g ...

zu Kapitel 5

1. Der Streich: Was passiert? Ordne die Sätze.
   - ◯ Nele, Elias und Max sprechen nicht mehr mit Greta.
   - ◯ Greta macht den Wasserhahn an.
   - ① Greta nimmt Strümpfe aus ihrer Tasche.
   - ◯ Greta lacht.
   - ◯ Greta kuschelt sich in ihren Schlafsack.
   - ◯ Greta legt die nassen Strümpfe in die Schlafsäcke von Max, Elias und Nele.
   - ◯ Max, Elias und Nele kriechen in ihre Schlafsäcke.
   - ◯ Die Strümpfe sind jetzt nass.
   - ◯ Max, Elias und Nele schreien: „Iiiii, was ist das denn?"

2. Hör zu und kontrolliere deine Lösung.

zu Kapitel 6

1. Welche Partner gehen zusammen?
   Hör zu und verbinde die Namen.

   Max   Elias   Bine   Meike

   Nele   Jonas   Greta   Mia

ÜBUNGEN

2. Viele neue Wörter: Was ist richtig? Kreuze an.

   a der Rucksack
      1 eine Tasche für den Rücken ○
      2 ein Schlafsack ○
   b die Wanderung
      1 Man fährt mit dem Kanu auf dem Fluss. ○
      2 Man geht etwas länger zu Fuß. ○
   c die Entschuldigung
      1 Man sagt: „Hilfe!" ○
      2 Man sagt: „Es tut mir leid." ○

3. Ergänze das passende Nomen oder Verb.

   a wandern
   b _____ die Frage
   c _____ der Streit
   d (sich) entschuldigen
   e _____ der Anruf

zu Kapitel 7

1. Zu zweit im Wald: Welche Aufgaben gibt es? Kreuze an.

   a ein Gedicht lernen ○
   b einen Stein sammeln ○
   c Fragen beantworten ○
   d eine Feder suchen ○
   e mit dem Rad fahren ○
   f fünf Kilometer wandern ○

2. Was weißt du über Max? Ergänze.

   a Seine Eltern _____
   b Sein Vater _____
   c Seine Mutter _____
   d Max findet das _____

3. Welches Wort ist richtig? Markiere.

   a Max spricht von *ihren/seinen* Eltern.
   b Greta erzählt von *ihrem/seinem* Urlaub.
   c Gretas Mutter fährt mit *ihrem/seinem* Freund weg.
   d Greta isst *ihr/sein* Käsebrötchen.
   e Max isst *ihre/seine* Gummibärchen.

zu Kapitel 8

1. Die Feder: Was passiert? Ordne die Sätze (siehe S. 30–31).

   ○ Sein Fuß rutscht ab.
   ① Max will eine Feder suchen.
   ○ Max klettert auf den Felsen.
   ○ Max will sich an einem Baum festhalten.
   ○ Das Nest ist hoch auf dem Baum.
   ○ Er schreit und fällt vom Felsen.

2. Wer hat Angst? Markiere den Satz blau.
   Tut etwas weh? Markiere den Satz rot.

   a Au!
   b Er schreit und fällt vom Felsen.
   c Max? Max? Kannst du mich hören?
   d Mein Fuß tut so weh.
   e Das ist doch viel zu gefährlich!
   f Ich kann nicht.

ÜBUNGEN

3. „Wollen", aber „nicht können". Ergänze.

   a Max will die Feder nehmen.
   Aber er kann die Feder nicht _____.
   b Greta will klettern.
   Aber sie kann _____.
   c Max will aufstehen.
   Aber er _____.
   d Greta will telefonieren.
   Aber sie _____.

zu Kapitel 9

1. Wie hilft Greta? Kreuze an.

   a Sie zieht Max den Schuh aus. ○
   b Sie macht Creme auf den Fuß. ○
   c Sie macht Wasser auf den Fuß. ○
   d Sie wickelt das nasse Tuch um den Fuß. ○
   e Sie zieht den Schuh wieder an. ○

zu Kapitel 10

1. Wer sagt was? Greta, Max oder beide? Verbinde.

   a Danke. Du warst heute eine tolle Partnerin.
   b Du hast mir sehr geholfen.
   c Ist schon gut.
   d Ich war nicht sehr nett zu dir.
   e Ich möchte gern dein Freund sein.
   f Wir trinken auf unsere Freundschaft, ja?

2. Was antworten Max oder Greta? Ergänze.

Ich möchte gern dein Freund sein.

....

Vielleicht können wir ja morgen schwimmen gehen.

....

Und dann kannst du mir vielleicht aus deinem Buch vorlesen.

Wir trinken auf unsere Freundschaft, ja?

....

LÖSUNGEN

Kapitel 1
1. b, d, e
2. a 3, b 2, c 4, d 1
3. a schwimmen, b klettern, c zelten, d wandern

Kapitel 2
1. a das Zelt, b das Buch, c der Stuhl, d der Rucksack, e die Sonnencreme, f der Schlafsack, g die Luftpumpe, h die Luftmatratze
2. *(Lösungsvorschlag)* a Sie schiebt die Zeltstangen in das Zelt und baut es auf. b Sie bauen ihr Zelt auf. Sie arbeiten schnell. c Sie sitzt auf dem Stuhl und liest ein Buch.
3. a auf, b an, c in, d auf

Kapitel 3
1. springen, kriechen, stehen, schauen
2. a Supertoll! b Quatsch! c Was ist los? d Hilfst du ihr? e Na klar!
3. b, c

Kapitel 4
1. *(Lösungsvorschlag)* die Taschenlampe, der Mond, die Wanderung, der Schuh, die Sterne, der Wald, die Tiere, dunkel, leise, unheimlich, hören, Angst haben, wandern, nicht schlafen
2. a 4, b 2, c 1, d 3

3. a der Kopf, b der Rücken, c der Bauch, d das Auge, e die Hand, f das Bein, g der Fuß

Kapitel 5
1.+2. 9, 2, 1, 8, 5, 4, 6, 3, 7

Kapitel 6
1. Max – Greta, Elias – Nele, Bine – Mia, Meike – Jonas
2. a 1, b 2, c 2
3. a die Wanderung, b fragen, c streiten, d die Entschuldigung, e anrufen

Kapitel 7
1. c, d, f
2. *(Lösungsvorschlag)* a sind getrennt. b hat eine Freundin. c hat einen Freund. d nicht so schlimm.
3. a seinen, b ihrem, c ihrem, d ihr, e seine

Kapitel 8
1. 5, 1, 3, 4, 2, 6
2. *blau:* b, c, e; *rot:* a, b, d, f
3. a nehmen, b nicht klettern, c kann nicht aufstehen, c kann nicht telefonieren

Kapitel 9
1. a, d

Kapitel 10
1. *Greta:* c, d, f; *Max:* a, b, d, e
2. *Greta:* Das bist du. *Max:* Ja, schwimmen ist eine gute Idee! ... Ja, auf die Freundschaft.